www.ingramcontent.com/pod-product-compliance
Lightning Source LLC
LaVergne TN
LVHW050828051026
849532LV00008B/3172
* 9 7 8 9 3 6 9 0 8 8 4 9 2 *

اجنبی بہادر

(بچوں کی دو طویل کہانیاں)

عزیز احمد

Ajnabi Bahadur *(Kids Novelette)*

by: Aziz Ahmad

Edition: September '2025

Publisher :

Taemeer Publications LLC (Michigan, USA / Hyderabad, India)

ISBN 978-93-6908-849-2

9 789369 088492

کتاب	:	**اجنبی بہادر** (دو طویل کہانیاں)
مصنف	:	**عزیز احمد**
صنف	:	ادب اطفال
ناشر	:	تعمیر پبلی کیشنز (حیدرآباد، انڈیا)
سالِ اشاعت	:	۲۰۲۵ء
صفحات	:	۳۶
سرورق ڈیزائن	:	تعمیر ویب ڈیزائن

فہرست

اجنبی بہادر

عزیز احمد بی۔اے

بہت دنوں کی بات ہے۔ کسی مُلک میں ایک نیک دل اور عادل بادشاہ حکومت کرتا تھا۔ اسے اپنی رعایا سے بڑی محبت تھی۔ اس کے پاس ایک بڑی فوج تھی۔ جس کی مدد سے وہ اپنی رعایا کو دشمنوں سے محفوظ رکھتا تھا۔ وہ جانتا تھا کہ سچی خوشی کسے کہتے ہیں۔ اس لئے وہ اپنی رعایا کو سچی خوشی پہنچاتا تھا۔

نیک دل بادشاہ کی ملکہ شہزاد بھی اسی کی طرح رحم دل اور مہربان تھی۔ ان کے دولڑکے تھے۔ بڑے کا نام سہیل تھا اور چھوٹے کا طارق۔ دونوں شہزادے نیک دل بادشاہ کی سلطنت کے دوصوبوں کے گورنر تھے۔ لیکن وہ دونوں سیر وشکار اور تفریح میں وقت گزارتے تھے اور رعایا کے آرام کا اتنا خیال نہیں رکھتے تھے جتنا ان کے باپ نیک دل بادشاہ کو تھا۔

شہزادوں کی بے توجہی اور لاپروائی کا نتیجہ یہ ہوا کہ سہیل کے صوبے پر خوف نامی دیو نے حملہ کیا۔ اور شہزادے کو ہرا کر قبضہ کرلیا۔ اسی طرح طارق کے صوبے پر حسد نامی ڈائن نے چھاپہ مارا اور ملک ہتھیالیا۔

شہزادوں کی کمزوری اور لاپروائی کی وجہ سے نیک دل بادشاہ کی سلطنت کے دوصوبے جاتے رہے۔ بادشاہ کو ملک جانے کا اتنا افسوس نہیں تھا جتنا اس بات کا تھا کہ وہاں کی رعایا خوف دیو اور حسد ڈائن کی حکومت سے خوش نہیں تھی۔ اس بات سے بادشاہ اُداس رہنے لگا۔

نیک دل بادشاہ کی پریشانی دیکھ کر ملکہ شہزاد بھی پریشان ہوگئی۔ دونوں اپنی رعایا کو ان موذیوں کے پنجے سے آزاد کرانے کی ترکیبیں سوچنے لگے۔ لیکن کوئی صورت سمجھ میں نہیں آتی تھی۔ کیونکہ خوف دیو اور حسد ڈائن کی طاقتوں کا مقابلہ کرنا آسان کام نہیں تھا۔

آخر سوچتے سوچتے بادشاہ کے ذہن میں ایک بات آئی۔ اُس نے اپنی سلطنت میں ڈنکا بجوادیا کہ بادشاہ کو ایک ایسے سورما کی ضرورت ہے جو جان کی بازی لگا کر اس کی مدد کر سکے۔ ہر خاص وعام کو اطلاع کی گئی کہ جو بھی بادشاہ کی مدد کرنا چاہے وہ اپنا نام قاضی کے یہاں لکھوائے۔

اس خبر کے ملک میں مشہور ہوتے ہی بہادروں کے دل کے دل قاضی کے محل کی طرف آنے

نکلے۔ لوگ آتے، اپنے اپنے جوہر دکھاتے۔ ان کا امتحان لیا جاتا اور اُن کی بہادری پرکھی جاتی۔ لیکن بادشاہ کو کوئی ایسا جوان نظر نہ آیا جو خوف دیو اور حسد ڈائن سے لڑنے کے قابل ہو۔ لوگ آتے، چلے جاتے۔ دن گزرنے لگے اور بادشاہ کی آس کم ہونے لگی۔ اس بات نے بادشاہ کو اور بھی اُداس کر دیا۔

مقابلے کا آخری دن بھی ختم ہو گیا اور نیک دل بادشاہ کو یقین ہو گیا کہ کوئی بھی ایسا سورما نہیں ہے جو اس کی مدد کر سکے۔ اس کی پریشانی دوگنی ہو گئی۔ آخر وہ تھک ہار کر سونے چلا گیا۔

رات کے وقت جب بادشاہ کے محل پر سناٹا چھایا ہوا تھا اور ہر شخص نیند میں غافل تھا۔ بادشاہ بے چینی سے اپنے بستر پر کروٹ بدل رہا تھا۔ اتنے میں دروازے پر دستک ہوئی۔ نقیب بادشاہ کی اجازت پا کر اندر داخل ہوا اور عرض کی۔ ''عالم پناہ! قاضی شہر کا ایک پیامی حضور میں باریابی کی اجازت چاہتا ہے۔''

''آنے دو۔'' بادشاہ نے حکم دیا۔

نقیب الٹے پاؤں واپس گیا۔ ایک لمحے کے بعد ایک سپاہی ہانپتا کانپتا اندر داخل ہوا۔ اور فرشی آداب بجالایا۔ اس کی سانس پھول رہی تھی اور کپڑے پسینے سے تربتر تھے۔ اجازت پا کر اُس نے کہنا شروع کیا۔ ''دین پناہ! ایک نوجوان جان کی بازی لگا کر حضور انور کی خدمت کے لئے تیار ہے۔ قاضی صاحب کے حکم سے غلام اسے ساتھ لایا ہے اور وہ محل کے پھاٹک پر حکم کا منتظر ہے۔''

یہ سنتے ہی بادشاہ اُٹھ بیٹھا۔ اس کی آنکھیں چمکنے لگیں اور اُس کے ہونٹوں پر مسکراہٹ پھیل گئی۔ پھر اُس نے پوچھا۔ ''نوجوان کا حلیہ کیسا ہے؟ وہ کس قسم کا آدمی ہے؟''

''اس کا لباس تو معمولی ہے۔ لیکن وہ خاندانی آدمی معلوم ہوتا ہے۔ اور اُس کی آنکھوں میں مضبوط ارادے کی جھلک ہے۔'' سپاہی نے ادب سے جواب دیا۔

''ہوں'' کہہ کر بادشاہ کمرے کے اندر ہی ٹہلنے لگا۔ ایسا معلوم ہوتا تھا کہ وہ کچھ سوچ رہا ہے۔ چند منٹوں کے بعد وہ ٹھہر گیا۔ پھر اس نے سپاہی سے کہا۔ ''اجنبی جوان مرد کو حاضر کیا جائے۔''

ذرا دیر میں نوجوان نیک دل بادشاہ کے سامنے تھا۔ بادشاہ نے اُس کا خیر مقدم کیا۔ ''خوش آمدید اجنبی جاں باز۔ تم نے اتنی دیر کیوں کی؟ کیا تم نے مابدولت کا اعلان اب تک نہیں سُنا تھا۔''

نوجوان تین بار سلام کرنے کے بعد بولا۔ ''جہاں پناہ! میں دُور دراز کے سفر سے واپس آیا ہوں اور شاہی اعلان کا مجھے ابھی ابھی علم ہوا ہے، پھر بھی میں اُمید کرتا ہوں کہ جہاں پناہ میری درخواست کو نہ ٹھکرائیں گے۔ اور مجھے خدمت کا موقع دیں گے۔''

''تم ابھی بہت کم سن ہو۔'' بادشاہ نے کہا۔ ''لیکن میں تمہاری ہمت کی قدر کرتا ہوں۔ تم نے اپنا نام نہیں بتایا۔''

''میں ایک اجنبی نوجوان ہوں۔ اس سے زیادہ میں کچھ عرض نہیں کرسکتا۔'' نوجوان نے ادب کے ساتھ جواب دیا۔

نیک دل بادشاہ نے نوجوان کو ساری کہانی سُنائی اور کہا کہ میں تمہیں اس کام کا کوئی انعام نہیں دوں گا۔ صرف کام کرنے کی خوشی تمہارا انعام ہوگی۔ نوجوان راضی ہوگیا۔ بادشاہ نے کہا۔ ''اچھا اب تم آرام کرو۔ صبح دیکھا جائے گا۔''

صبح سورج نکلنے سے پہلے ہی درباریوں نے اجنبی نوجوان کو قیمتی زرہ بکتر سے آراستہ کیا اور بادشاہ کے سب سے پیارے گھوڑے ''شیر دل'' پر سوار کرکے رخصت کیا۔ جب نوجوان سفر پر روانہ ہوا تو اس کا چہرہ خوشی سے چمک رہا تھا۔ اور وہ ہنس ہنس کر لوگوں کو خدا حافظ کہہ رہا تھا۔

نوجوان شیر دل پر سوار چلا جا رہا تھا۔ تھوڑی دیر میں دِن نکل آیا۔ رفتہ رفتہ سورج اُونچا ہونا شروع ہوا اور دھوپ تیز ہوگئی۔ گرمی کی وجہ سے اجنبی نوجوان اور شیر دل دونوں پسینے سے تر ہوگئے اور پیاس سے ان کے حلقوں میں کانٹے پڑ گئے۔

چلتے چلتے نوجوان کو ٹھنڈے پانی کا ایک چشمہ نظر آیا۔ جس کے کنارے گھنے درختوں کے نیچے ہری ہری دوب کا فرش بچھا ہوا تھا۔ اس جگہ کو دیکھ کر نوجوان کی جان میں جان آئی۔ وہاں اُتر کر اُس نے گھوڑے کو پانی پلایا۔ خود بھی منہ پر چھینٹے مارے اور آرام کرنے کے لئے لیٹ گیا۔

اتنے میں آہٹ جو ہوئی اور اُس نے مڑ کر دیکھا تو اُسے ایک حسین وجمیل عورت نظر آئی جو پرستان کی پری معلوم ہوتی تھی۔ اُس نے کہا۔ ''آپ اس گرد وغبار سے اَٹی ہوئی سڑک پر اکیلے سفر کر رہے ہیں۔ اگر اجازت دیں تو میں بھی ساتھ ہولوں۔ اس طرح دونوں کا سفر آسانی سے کٹ

اجنبی بہادر بادشاہ کے پاس

جائیگا۔''

نوجوان نے کہا۔'' شکریہ۔لیکن مجھے تنہا سفر کرنا چاہئے۔'' یہ سن کر عورت کو غصہ آیا اور اُس نے پوچھا۔'' لیکن جناب! آپ کا نام کیا ہے اور آپ اکیلے کیوں سفر کر رہے ہیں؟''

'' مجھے افسوس ہے کہ میں آپ کو یہ سبب نہیں بتا سکتا۔''

نوجوان کے جواب پر عورت کا غصہ اور بھی تیز ہوگیا اور اُس کی پیشانی پر بل پڑنے لگے۔ پھر اس کے چہرے کا رنگ بدلنے لگا۔ دیکھتے دیکھتے وہ بہت بدصورت ہوگئی۔ پھر وہ سکڑنے لگی اور تھوڑی دیر میں سانپ بن گئی اور گھاس میں رینگتی ہوئی غائب ہوگئی۔

نوجوان کو یہ دیکھ کر تعجب ہوا۔لیکن اُس نے اطمینان کا سانس لیا اور سوچا کہ بڑی مصیبت ٹل گئی۔لیکن اس کا وہاں ٹھہرنا خطرے سے خالی نہیں تھا۔اس لئے اس نے کھسک جانا مناسب سمجھا۔ اور شیر دل پر سوار ہوکر پھر روانہ ہوگیا۔

چلتے چلتے وہ ایک غار کے پاس سے گزرا جس کے اندر سے عجیب وغریب آوازیں آرہی تھیں۔وہ گھوڑے سے اُتر پڑا اور غار کے دہانے کے پاس پہنچ کر اندر دیکھنے لگا۔غار بہت گندہ تھا۔ اور اس کے اندر جو آدمی بیٹھے ہوئے تھے وہ بہت پریشان معلوم ہوتے تھے۔اُن کی باتیں غور سے سننے سے معلوم ہوا کہ وہ ''شہرت'' نامی کسی چیز کے بارے میں آپس میں جھگڑا کر رہے تھے۔

نوجوان کو ان لوگوں کی مصیبت اور پریشانی پر بڑا ترس آیا۔اور اس نے سوچا کہ انہیں باہر نکلنے میں مدد دینی چاہئے۔لیکن جب اُس نے انہیں باہر نکالنا چاہا تو ان لوگوں نے اُسے بھی نیچے کھینچ لینے کی کوشش کی۔ یہ دیکھ کر نوجوان نے انہیں اُن کے حال پر چھوڑا اور اپنی راہ لی۔اُس نے سوچا کہ واپسی پر ان کی مدد کرنا اچھا ہوگا۔

کچھ دور سفر کرنے کے بعد نوجوان کو اچانک محسوس ہوا کہ اُس کا گھوڑا شیر دل کانپ رہا ہے۔ اُس نے غور کیا تو اُسے پھل، پھول، پیڑ، پودے، سب کسی نامعلوم خوف کے اثر سے تھرتھراتے نظر آئے۔جنگلی جانور اور پرندے ڈر کے مارے چیخ رہے تھے۔

'' یہ تو عجیب بات ہے۔''اس نے کہا۔'' لیکن میرے گھوڑے شیر دل کو تو نہ ڈرنا چاہئے۔''

اس پر گھوڑے نے کنوتیاں کھڑی کیں اور رُک رُک کر بڑھنے لگا۔ نوجوان نے دیکھا کہ جانوروں کی طرح راہ چلتے آدمی بھی ڈرے اور سہمے نظر آرہے ہیں۔

آخر اُس نے ایک لڑکے کو روکا اور پوچھا۔ بھائی یہ کونسی جگہ ہے۔ تمہارا کیا نام ہے اور یہاں کے لوگ اس قدر پریشان اور ڈرے ہوئے کیوں ہیں؟

لڑکا اتنا پریشان تھا کہ پہلے تو اس کے منہ سے آواز ہی نہ نکلی۔ آخر اس نے بڑی مشکل سے اپنے حواس درست کئے اور وہ بولا۔ ''جناب، آپ یہاں سے فوراً چلے جایئے ورنہ آپ کی جان کی خیر نہیں۔ اس ملک پر خوفؔ دیو کی حکومت ہے۔ کسی نے اُسے دیکھا نہیں۔ لیکن سب اُس کے نام سے کانپتے ہیں۔ وہ شہر کے نیچے کسی غار میں رہتا ہے۔ جب شہر میں زلزلہ آتا ہے تو لوگ اپنے گھروں میں دبک کر بیٹھ جاتے ہیں۔ کیونکہ یہ دیو کے نکلنے کا وقت ہوتا ہے۔ لوگ ڈرتے ہیں کہ دیو کی نظر پڑ گئی تو نہ جانے کیا ہو۔''

''یہ تو بڑی بُری بات ہے۔'' نوجوان سوراما بولا۔ ''مجھے ان لوگوں کی مدد کرنی چاہئے۔''

''خدا کے لئے آپ اپنی جان کو خطرے میں نہ ڈالئے۔ دیو کا مقابلہ کرنا آپ کے بس کی بات نہیں ہے۔ سیدھے اپنی راہ لیجئے۔'' لڑکے نے التجا کی۔

''ڈرو مت۔ آدمی بنو۔'' نوجوان نے لڑکے کا ہاتھ پکڑ کر کہا۔ ''تمہارا نام کیا ہے۔؟''

''مجھے ہمت کہتے ہیں۔'' لڑکا بولا۔

''بہت اچھے! آؤ میرے ساتھ۔ تمہاری مدد سے میں دیو کو نیچا دکھاؤں گا۔''

دونوں ساتھ ساتھ غار کی طرف روانہ ہوئے۔ ہمتؔ نے راستہ دکھایا۔ تھوڑی دُور جا کر دونوں تھر تھر کانپنے لگے۔ اُن کے نیچے زمین پن چکی کی طرح ہلتی ہوئی معلوم ہوتی تھی۔ لیکن اُن کے ارادے میں ذرہ برابر فرق نہ آیا اور وہ بے خوف آگے بڑھتے گئے۔

کچھ دور تک وہ اندھیرے میں ٹھوکریں کھاتے رہے۔ اچانک اُنھیں محسوس ہوا جیسے کسی نے ان کے کاندھے پر پہاڑ رکھ دیا ہے۔ پھر بھی وہ بڑھتے رہے۔ آہستہ آہستہ وہ غار کے دروازے کی طرف رینگتے رہے۔ پھر رفتہ رفتہ ان کے کاندھے کا بوجھ ہلکا ہوتا معلوم ہوا۔ جب وہ غار کے

دروازے پر پہنچے تو ایسا معلوم ہوا جیسے اُن کے کاندھوں پر کوئی بوجھ تھا ہی نہیں۔

دروازے پر پہنچ کر نوجوان نے کہا۔"جاؤ اور شہر والوں کو بُلا کر یہاں جمع کرو۔ مجھے اُن سے کچھ کہنا ہے۔"

لڑکا بھاگا ہوا گیا اور تھوڑی ہی دیر میں غار کے دروازے پر آدمیوں کے ٹھٹھ لگ گئے۔ لوگ جمع ہو گئے۔نوجوان نے کہنا شروع کیا۔

"میرے پیارے بھائیو۔تمہارا دیو اب اس دُنیا میں نہیں ہے۔اب تم خوشی سے زندگی گزار سکتے ہو۔وہ دیو اصل میں تمہارا اپنا خیال تھا جو خوف بن کر تمہارے دلوں میں گھر کیے ہوئے تھا۔دیکھو (لڑکے کی طرف اشارہ کر کے) یہ تمہارا شاہزادہ ہمت ہے۔اس نے تم سب سے زیادہ جواں مردی دکھائی ہے۔اور یہی حکومت کا بھاری بوجھ اپنے کاندھوں پر سنبھال سکتا ہے۔تمہارے اُوپر جو احسان ہوا ہے اس کا بدلہ یہی ہے کہ تم "ہمت" کو اپنا بادشاہ مانو اور اس کے حکم کے مطابق چلو۔ اگر تم نے میرے کہنے پر عمل کیا تو تم ہمیشہ خوش وخرم رہو گے۔"

نوجوان نے اپنی تقریر ختم کی اور شیر دل پر سوار ہو کر ہوا ہو گیا۔شام ہوتے ہوتے وہ ایک گھنے اور ویران جنگل میں پہنچا۔ وہ بہت تھکا ہوا تھا۔اس لئے اُس نے ایک پیڑ کے نیچے آرام کرنے کا ارادہ کیا۔شیر دل کی زین کھول کر اُسے ایک پیڑ سے باندھ دیا اور خود زمین پر لبادہ بچھا کر لیٹ گیا۔ ذرا دیر میں اس کی آنکھ لگ گئی۔

نوجوان سوتا رہا اور جنگل کی روحوں نے آکر اسے پتیوں کی چادر اوڑھا دی۔ پھر انہوں نے سوچا کہ وہ دُور دراز کے سفر سے آیا ہے۔اس لئے بھوکا ہوگا۔ چنانچہ اُنہوں نے دسترخوان لگا کر رنگ برنگ کے میوے اور شربت چُن دیئے۔

صبح کو جب نوجوان کی آنکھ کھلی تو اسے شاندار ناشتہ ملا۔اس نے ڈٹ کر ناشتہ کیا اور ایک پتے پر جنگل کی روحوں کے نام خط لکھ کر اُن کی مہربانی کا شکریہ ادا کیا۔اس کے بعد وہ ہنستا گاتا اپنے خوب صورت گھوڑے پر سوار آگے بڑھ گیا۔

چند گھنٹے سفر کرنے کے بعد وہ اس صوبے کی سرحد پر پہنچا جہاں ڈائن کی حکومت تھی۔ چلتے چلتے

اس کی ملاقات ایک بوڑھے آدمی سے ہوئی جو خچر پر سوار تھا۔ اس نے پوچھا۔"بڑے میاں، کیا بات ہے؟ تم خوش نہیں معلوم ہوتے۔"

بڑے میاں اس کی طرف دیکھ کر بولے۔"بھلا ڈائن کی حکومت میں بھی کوئی آدمی خوش رہ سکتا ہے؟"

نوجوان نے بوڑھے میاں سے پورا ماجرا پوچھا تو انہوں نے یوں کہہ سُنایا۔"پہلے یہ ملک بہت خوشحال تھا۔ یہاں کا حکمراں شہزادہ اور اس کی ننھی بچی خوشی ہنسی خوشی دن گزارتے تھے اور رعایا ان سے محبت کرتی تھی۔ آخر حسد نامی ایک اندھی ڈائن یہاں آئی اور اُس نے لوگوں کے کان بھرنے شروع کیئے کہ شہزادی خوشی اصل میں خوب صورت نہیں ہے۔ رفتہ رفتہ لوگ ڈائن کی بات پر یقین کرنے لگے۔ اور اسی کی طرح حسد سے اندھے ہو گئے۔ پھر اس ڈائن نے انہیں بہکانا شروع کیا کہ محنت کرنا ذلیل کام ہے۔ اس لئے انہیں آرام طلب ہونا چاہئے۔ رفتہ رفتہ لوگ کام سے بھاگنے لگے۔ اور کاہل ہوتے گئے۔ تھوڑے ہی دنوں میں اُن کے ہاتھ پیروں کی سکت ختم ہوگئی۔ اس بات سے ان کی عقل بھی ماری گئی اور سارا شہر ستیاناس ہو گیا۔ اب یہ شہر جیسے مردوں کی بستی ہے۔ معلوم ہوتا ہے یہاں سے زندگی چھین لی گئی ہے۔ یہاں اب صرف ایک اچھی چیز ہے۔ وہ ننھی شہزادی خوشی جو ایک قلعہ میں قید ہے۔ اس قلعے پر خودغرض دیو کا پہرہ ہے۔ کسی کی ہمت نہیں ہوتی کہ اس کے پاس جائے ۔ کیونکہ اس کے نتھنوں سے خوفناک شعلے نکلتے ہیں۔ جو انسان کو جلا کر خاک کر دیتے ہیں۔ تو جناب یہ وجہ ہے۔ جو میں خوش نہیں نظر آتا۔"

نوجوان نے بڑے میاں کا شکریہ ادا کیا اور قلعے کی طرف روانہ ہو گیا۔ بڑے میاں نے دیکھا کہ وہ ہوا کی سی تیزی کے ساتھ جا رہا تھا۔ دیکھتے دیکھتے وہ ان کی نظروں سے اوجھل ہو گیا۔

رات ہونے سے پہلے نوجوان قلعے کے پھاٹک پر پہنچ گیا۔ اس کو دیکھتے ہی خودغرض دیو نے چیخنا چنگھاڑنا شروع کیا۔ اس کے نتھنوں سے جو شعلے نکلے اُنہوں نے آس پاس کے جنگلوں میں آگ لگا دی۔ لیکن نوجوان کی ہمت میں فرق نہیں آیا۔ اور وہ بڑھتا ہی گیا۔ آخر وہ دیو کے پاس پہنچا اور اس کے سینے پر بھالا مارا۔ وار ہوتے ہی دیو دھڑام سے زمین پر آرہا اور اس کا کام تمام ہو گیا۔

خودغرض دیو کی موت سے اندھی ڈائن حسد کے ہاتھ پاؤں پھول گئے اور وہ بھاگی ہوئی قلعے کی طرف آئی۔ لیکن اُسے کچھ نظر نہ آتا تھا۔ اس لئے وہ ٹھوکر کھا کر دم توڑتے ہوئے دیو کے منھ میں گری اور جل کر راکھ ہوگئی۔

دونوں کو مار کر نوجوان قلعے میں داخل ہوا۔ اور شہزادی خوشی کو آزاد کیا۔ پھر اُس نے قلعے کے مینار پر چڑھ کر ایک بڑا نقارہ بجانا شروع کیا۔ یہ نقارہ ''بیداری'' کہلاتا تھا۔ اُس کی آواز نے شہر والوں کو غفلت کی نیند سے جگایا۔ جاگ کر وہ اپنے کمزور اور مردہ جسموں میں نئی زندگی محسوس کرنے لگے۔ جب انہیں معلوم ہوا کہ خودغرض دیو اور حسد ڈائن کا خاتمہ ہو چکا ہے تو خوشی کے مارے پھولے نہ سمائے۔ لوگوں کو ان کی شہزادی خوشی پھر مل گئی اور شہر پہلے کی طرح خوشحال اور خوب صورت ہوگیا۔

نوجوان جس راستے آیا تھا اُسی راستے واپس ہوا۔ راستے میں اُس نے گندے غار میں جھانک کر دیکھا۔ جہاں اُس نے لوگوں کو ''شہرت'' پر لڑتے پایا تھا۔ لیکن وہاں کوئی نہ تھا۔ اس بار اُسے وہ عورت بھی نہ ملی جو بعد میں سانپ بن گئی تھی۔

آخر وہ نیک دل بادشاہ کے پاس پہنچا۔ اور اُسے ساری داستان کہہ سنائی۔ لیکن قبل اس کے کہ بادشاہ اس کا شکریہ ادا کرتا، اُس نے گھوڑے کو ایڑ لگائی اور نظروں سے اوجھل ہوگیا۔

اس اجنبی بہادر کا نام ''ارادہ'' تھا۔!!

گنگا جمنا

عزیز احمد بی۔ اے

لاکھوں برس پہلے کی بات ہے کہ اجودھیا کے ملک پر راجہ سال من حکومت کرتا تھا۔ وہ رحم دل اور نیک مزاج تھا۔ اور اپنی رعایا کے دُکھ سکھ کا بڑا خیال رکھتا تھا۔ اس کا راج پورب میں پاٹلی پتر، پچھم میں ہستناپور، اُتر میں ہمالیہ اور دکھن میں وندھیاچل تک پھیلا ہوا تھا۔ اس کے ملک میں ہمیشہ امن رہتا تھا اور لوگ کہتے ہیں کہ اگر کوئی بوڑھی عورت سر پر سونے کی تھالی لے کر ملک کے اس کنارے سے اس کنارے تک چلی جاتی تو چور چکار دُور رہے، کوئی نظر اُٹھا کر بھی نہ دیکھتا۔

راجہ سال من کے دو لڑکے تھے۔ بڑا راجکمار ہیرا من بیس برس کا خوب صورت اور تندرست نوجوان تھا۔ وہ سیر و شکار کا شوق رکھتا تھا اور تیر کمان چلانے میں اُستاد تھا۔ جنگلوں میں جا کر وہ بھالے سے جنگلی سُور اور چیتے کا شکار کیا کرتا تھا۔ اس کی بہادری کی دُور دُور تک دُھوم تھی اور دیس دیس کے سُورما اس کی تلوار کا لوہا مانتے تھے۔ ہیرا من کی ماں مر چکی تھی۔

دوسرا لڑکا لعل من سترہ برس کا تھا۔ وہ بھی خوب صورت اور ہنس مکھ تھا۔ لیکن وہ ہیرا من جیسا بہادر نہ تھا۔ اس کی ماں رانی شاشنی زندہ تھی۔ راجہ سال من رانی شاشنی کو بہت چاہتا تھا۔ لیکن وہ ہیرا من اور لعل من سے برابر محبت کرتا تھا اور کسی کو کم یا زیادہ نہ سمجھتا تھا۔

اپنی بہادری کی وجہ سے ہیرا من ہر دلعزیز ہو گیا۔ اور رعیت اس کی ویسی ہی عزت کرنے لگی۔ جیسی راجہ سال من کی کرتی تھی۔ اور یہ ٹھیک بھی تھا۔ کیونکہ ہیرا من اجودھیا کا ہونے والا راجہ تھا۔ لیکن رانی شاشنی کو یہ بات ایک آنکھ نہ بھاتی تھی۔ وہ چاہتی تھی کہ کسی طرح اس کا لڑکا لعل من راجہ ہو جائے۔

انہیں دنوں دکھن کے کچھ راکشسوں نے سر اُٹھایا اور وندھیاچل میں سال من کی رعایا کو تنگ کرنا شروع کیا۔ راجہ کے پاس شکایت پہنچی تو وہ غصے سے آگ بگولا ہو گیا۔ وہ ایک لمحہ بھی اپنی رعایا کو دُکھی نہیں دیکھ سکتا تھا۔ آخر اُس نے دربار بُلایا۔

دربار کے بیچوں بیچ میں ایک سنگھاسن پر راجہ، رانی بیٹھے۔ داہنی طرف ایک چوکی پر ہیرا من اور بائیں طرف لعل من بیٹھے۔ سامنے دونوں طرف بڑے بڑے وزیر اور سردار ہاتھ باندھ کر کھڑے ہو گئے۔ راجہ نے سب کو وندھیاچل کی خبر سنائی اور کہا کہ اس کے دیس میں ایسا اندھیر کیسے

ہوسکتا تھا؟ اس نے سرداروں اور وزیروں سے پوچھا کہ راکشسوں کو جلدی سے جلدی سزا دینے کی کیا صورت ہے۔

راج کا بڑا وزیر کچھ کہنے کے لئے آگے بڑھا۔ لیکن رانی نے اُسے روک دیا۔ اور بولی:

''مہاراج۔ یہ تو معمولی سی بات ہے۔ راجکمار ہیرا من کی بہادری اور ہمت کا ڈنکا دُور دُور بجا ہوا ہے۔ اس کام کو ان کے سوا کون کرسکتا ہے؟ انہیں ایک بڑی فوج کے ساتھ وندھیا چل بھیجئے کہ وہ وہاں جاکر راکشسوں کا سر ہمیشہ کے لئے کچل دیں۔''

ظاہر میں تو رانی شاشنی نے ہیرا من کی بڑی تعریف کی۔ لیکن اس کا اصل مقصد یہ تھا کہ ہیرا من کے راجدھانی سے دُور چلے جانے کے بعد لعل من کے لئے میدان صاف ہوجائے گا۔ اور اگر اس درمیان راجہ سال من چل بسے تو لعل من گدی پر قبضہ کرلے گا۔ اور کون جانے ہیرا من واپس بھی آئے یا وہیں مرکھپ جائے۔

راج کا بڑا وزیر بڑا دانا اور ہوشیار آدمی تھا۔ اس نے اپنی زندگی میں تین بادشاہوں کی آنکھیں دیکھی تھیں۔ وہ رانی شاشنی کی اس چال کو سمجھ گیا۔ لیکن بول کیسے سکتا تھا؟ راجہ کو رانی کی بات پسند آئی۔ اور اُس نے ہیرا من کی طرف دیکھا۔ ہیرا من نے کھڑے ہوکر کہا:

''مہاراج اجازت دیں۔ میں تیار ہوں۔''

راجہ نے حکم دیا کہ دیس کے بڑے بڑے سُورما سردار ہیرا من کے ساتھ راکشسوں کا سر کچلنے کے لئے جائیں۔ اس نے یہ بھی حکم دیا کہ آس پاس کے راجاؤں کو لکھ دیا جائے کہ وہ ہیرا من کی مدد کے لئے جلد سے جلد اپنی فوجیں بھیجیں۔

حکم کی دیر تھی۔ ساری تیاریاں شروع ہوگئیں۔ ہیرا من نے لعل من کو اپنے ساتھ چلنے کی دعوت دی۔ لیکن ماں کی مرضی کے مطابق اس نے بیماری کے بہانے سے انکار کردیا۔

جب سب تیاریاں مکمل ہوگئیں تو ہیرا من راجہ سے رخصت ہوکر اپنی فوج کے ساتھ وندھیا چل کی طرف روانہ ہوا۔ وہ شیر کی کھال اور خوب صورت پروں سے بنا ہوا شاندار لباس پہنے ہوئے تھا۔ اور چمکتی ہوئی تلوار اس کی کمر سے لٹک رہی تھی۔ اس لباس میں وہ بڑا بھلا معلوم ہورہا تھا۔ اس

کا گھوڑا اس شان سے چمک کر چل رہا تھا جیسے بجلی کوندے۔ شہر کے پھاٹک پر بڑا وزیر ملا۔ اُس نے اشارے سے راجکمار ہیرامن کو روکا۔ ہیرامن کے ٹھہرتے ہی ساری فوج ٹھہر گئی۔ وزیر ہیرامن کو ایک طرف لے گیا اور چپکے سے کہا۔ ''تم جہاں جارہے ہو وہ جگہ خطرے سے خالی نہیں ہے۔ لیکن چونکہ تم نیک کام پر جارہے ہو اس لئے تمہیں روکنا بھی ٹھیک نہیں ہے۔ مجھے تمہاری ہمت اور بہادری سے امید ہے کہ تم اپنی رعایا کی بھلائی کے لئے بڑے سے بڑا خطرہ مول لے لوگے۔ لو یہ انگوٹھی۔ جب تمہارے اُوپر کوئی مصیبت پڑے تو اس کی طرف دیکھنا۔ مصیبت دُور ہو جائے گی۔''

یہ کہہ کر بڑے وزیر نے ہیرامن کو ایک سونے کی انگوٹھی دی۔ جس پر ایک چمکدار ہیرا جڑا ہوا تھا۔

ہیرامن نے انگوٹھی داہنے ہاتھ کی چھوٹی انگلی میں پہن لی۔ ہاتھ جوڑ کر وزیر کو سلام کیا اور اپنے گھوڑے پر سوار ہو کر روانہ ہو گیا۔ اس کے چلتے ہی ساری فوج چل پڑی۔

وندھیا چل پہنچ کر ہیرامن اور اُس کے ساتھی سرداروں نے چند ہی دنوں میں راکشسوں کو مار بھگایا۔ جب راکشسوں کا خطرہ دُور ہو گیا تو ہیرامن نے ایک سوار اجودھیا بھیجا اور راجہ سال من کو کل ماجرا لکھ کر واپسی کی اجازت مانگی۔

اجازت کے انتظار میں ہیرامن سیر و شکار میں وقت گذارنے لگا۔ وندھیا چل کے اُتر جانب کرچھنا کا جنگل تھا۔ جس میں جنگلی جانور کثرت سے تھے۔ ہیرامن نے وہاں بہت سے جانور شکار کیئے۔ وہ ایک پہاڑی کے دامن میں ایک خوب صورت جگہ ٹھہرا ہوا تھا۔ ایک طرف پہاڑی سے میٹھے پانی کا شفاف چشمہ نکلتا تھا۔ اس کے پاس ہی پھل پھول اور میووں کے بہت سے درخت تھے۔ ہیرامن کو یہ جگہ بہت پسند تھی اس لئے اس نے وہیں ڈیرا ڈال رکھا تھا۔

دن بھر ہیرامن اپنے ساتھیوں کے ساتھ شکار کرتا۔ شام کو پہاڑی کے دامن میں شکار بھونا جاتا اور سب مل کر کھاتے۔ اس کے بعد ناچ رنگ کی محفلیں جمتیں۔ اس طرح دن گذرتے گئے۔

اب ادھر کا حال سنو۔ جب رانی شاشنی کو معلوم ہوا کہ ہیرامن نے راکشسوں کو مار بھگایا اور واپس آنے والا ہے تو اُسے بڑی فکر ہوئی۔ اس کا سارا بنا بنایا کھیل بگڑا جا رہا تھا۔ اس لئے اس نے راجہ سے کہا کہ راجکمار کا ابھی واپس آنا ٹھیک نہیں ہے۔ کیونکہ راکشس پھر سر اُٹھائینگے اس لئے کچھ دن وہ وہیں ٹھہریں اور جب حالات بالکل سُدھر جائیں تب واپس آئیں۔ راجہ کو یہ بات پسند آئی اور اُس نے ہیرامن کو یہی جواب لکھ دیا۔

ہیرامن کا دل اب سیر و شکار سے بھر چکا تھا۔ اس لئے وہ گھر واپس جانا چاہتا تھا۔ لیکن جب اُسے راجہ سال من کا حکم ملا کہ اسے ابھی وندھیا چل ہی میں رہنا ہوگا تو اُسے بڑا دُکھ ہوا۔ لیکن وہ راجہ کے حکم کو توڑنے کی ہمت نہیں کر سکتا تھا۔ اس لئے ناچار وہیں ٹھہرا رہا۔

روز بروز ہیرا من کا دل اُداس ہوتا گیا۔ آخر اس کی طبیعت بہت پریشان رہنے لگی۔ کسی کام میں جی نہیں لگتا تھا۔ اس کی تلوار کی چمک مدھم پڑ گئی۔ اور اس کے تیر و کمان بھی بے ترتیبی سے پڑے رہنے لگے۔

ایک دن وہ سوچ میں کھویا ہوا تھا کہ اُسے بڑے وزیر کا خیال آ گیا اور اچانک اس کی نگاہ انگوٹھی پر جا پڑی۔ اُس نے ہیرے کو غور سے دیکھنا شروع کیا۔ فوراً اُسے اس کے اندر بڑے وزیر کی تصویر نظر آئی۔ یہ دیکھ کر اُسے بڑا تعجب ہوا۔ لیکن بڑے وزیر نے کہا" حیران ہونے کی بات نہیں ہے۔ میں مدد کا دیوتا ہوں۔ اور وزیر کے رُوپ میں اجودھیا کے راجہ کی مدد کرنا بھی میرا دھرم ہے۔"

ہیرا من یہ جان کر بڑا خوش ہوا اور اس نے کہا۔" لیکن میں تو یہاں بہت پریشان ہوں۔ کوئی ترکیب ایسی بتایئے کہ میری پریشانی دور ہو۔"

وزیر بولا۔" تم اس جگہ پر ایک شاندار شہر بساؤ۔ اپنے تمام سرداروں سے روپیہ لو۔ اور سپاہیوں کو کام پر لگا دو۔ اس کام میں تمہارا جی بھی بہلا رہے گا اور لوگوں کی بھلائی بھی ہوگی۔"

وزیر اتنا کہہ کر غائب ہو گیا۔ ساتھ ہی ہیرا من کی پریشانی بھی غائب ہو گئی۔ اس نے فوراً اپنے سرداروں کو بُلایا اور اُن سے رائے مانگی۔ سب نے شہر بسانے کے کام کو پسند کیا اور مدد دینے کا وعدہ کیا۔

دوسرے دن سے شہر بننا شروع ہو گیا۔ آس پاس کی بستیوں سے ہزاروں مزدور بلوائے گئے۔ انہیں اچھی مزدوری ملنے لگی۔ تو وہ بھی خوش ہو گئے۔ پہاڑ سے پتھر کاٹ کر لائے جاتے۔ کنکر پکا کر انہیں پیس لیا جاتا اور تیل میں پکا کر پتھر توڑنے کا مسالہ تیار کر لیا جاتا۔ اس طرح شہر بسنے لگا۔

شہر کے بیچوں بیچ میں ایک بڑا تالاب بنایا گیا۔ اور زمین کے اندر ہی اندر ایک نہر نکالی گئی۔ جس کے ذریعہ پہاڑی چشمے سے تالاب میں پانی آتا تھا۔ تالاب کے چاروں طرف پکے گھاٹ بنائے گئے۔ تالاب کے اُتر کی طرف بڑے دیوتا کا ایک شاندار مندر بنایا گیا۔ دکھن کی طرف ہیرا من نے اپنا راج محل بنوایا۔ آس پاس سرداروں، سورماؤں، سپاہیوں اور کام کاج کرنے والوں کے لئے مکان بنائے گئے۔ اس شہر کا نام من پور رکھا گیا۔

جادوگر اور جادوگرنی هیرامن کے دربار میں

من پور میں صاف سڑکیں اور خوب صورت باغ بھی تھے۔ پہاڑی زمین میں کنویں تو بنا نہیں سکتے تھے۔اس لئے سب کو اجازت دی گئی کہ وہ تالاب سے پانی لے جایا کریں۔تالاب میں ہرطرح کی صفائی رکھی جاتی تھی۔ پہاڑی چشمے پر پہرہ بٹھادیا گیا۔تاکہ کوئی راکشس یا بُرا آدمی پانی خراب نہ کر سکے۔

جب لوگوں کو معلوم ہوا کہ وندھیا چل کے پاس ایک خوبصورت شہر بس گیا ہے تو دُور دُور کے تاجر بیوپاری وہاں آنے لگے۔ بڑی بڑی دکانیں کھل گئیں۔ جاوا اور سماٹرا سے مسالے یہاں آنے لگے اور پچھم کے بیوپاری انہیں خرید کر اپنے دیس کو بھیجنے لگے۔

بیوپار کے بڑھنے سے شہر کی آمدنی بڑھ گئی۔اس آمدنی کو راجکمار ہیرامن نے غریبوں کی بھلائی پر خرچ کرنا شروع کیا۔ ہر تہوار کو وہ آس پاس کے غریب آدمیوں کو کمبل اور کپڑے بانٹتا تھا۔ اور اُن کے دُکھ درد پر دل کھول کر پیسہ خرچ کرتا تھا۔اُس نے من پور سے کاشی تک ایک سڑک بھی بنوائی۔سڑک کے کنارے سائے دار پیڑ لگوائے۔میل میل بھر پر بوسالے اور آٹھ آٹھ میل پر دھرم شالے قائم کئے۔ساری رعیت سکھ چین سے زندگی بسر کرنے لگی اور راجکمار ہیرامن کو دعائیں دینے لگی۔

اب سُنو کہ جس جگہ پر من پور آباد ہوا وہاں ایک غار میں ایک جادوگر رہتا تھا۔وہ اور اس کی بیوی دونوں چھ مہینے جاگتے تھے اور چھ مہینے سوتے تھے۔ جب ہیرامن وہاں پہلے پہل آیا تھا تو دونوں سوئے ہوئے تھے۔جب شہر بن کر تیار ہوا تو اُن کے جاگنے کا وقت قریب تھا۔

جادوگر سو کر اُٹھا تو اُس کو وہاں دنیا ہی بدلی ہوئی نظر آئی۔اسے یہ بات بالکل پسند نہ تھی کہ اس جنگل میں کوئی دوسرا داخل ہو۔کیونکہ اس سے اس کے شکار میں فرق پڑتا تھا۔اب وہ باہر نکل کر رہ چلتے مسافروں اور جنگل کے جانوروں کا شکار نہیں کر سکتا تھا۔اس بات نے جادوگر کو بہت پریشان کر دیا۔

جادوگرنی بولی۔"کرنا کیا ہے؟ چلو کسی دوسرے جنگل کی راہ لیں۔"

جادوگر نے کہا۔"ہمارا بھی بہت دنوں سے ہمالیہ دیکھنے کو جی چاہتا ہے۔چلو وہیں چلیں۔"

یہ کہہ کر دونوں نے چلنے کی تیاریاں شروع کر دیں۔ جب سب سامان تیار ہو گیا تو جادوگرنی کے دل میں خیال آیا کہ جن لوگوں نے انہیں اُن کے وطن سے نکلنے پر مجبور کیا ہے انہیں ان کی سزا دینی چاہئے۔ اس لئے اُس نے جادوگر سے کہا کہ پہاڑی چشمے کا سارا پانی ''مان سرور'' مٹکے میں بھر لو۔ جس سے من پور کے رہنے والے پیاس سے بلک بلک کر مر جائیں۔

جادوگر راضی ہو گیا۔ لیکن جب وہ چشمے پر پہنچا تو وہاں پہرہ نظر آیا۔ اب جادوگر پانی کیسے بھرتا؟ ناچار واپس آیا اور سارا ماجرا جادوگرنی سے کہہ سنایا۔ جادوگرنی نے کہا ''یہ کون سی مشکل بات ہے؟ ہم ہیرامن سے پانی بھرنے کی اجازت لے لیں گے۔''

چنانچہ جادوگر اور جادوگرنی دونوں بوڑھے بڑھیا کا بھیس بدل کر لاٹھی ٹیکتے ہوئے ہیرامن کے پاس پہنچے۔ نیک دل ہیرامن کو دونوں کے بڑھاپے پر بڑا رحم آیا۔ اُس نے پوچھا۔ ''کیا چاہتے ہو؟''

جادوگر نے کہا۔ ''مہاراج ہم مسافر ہیں۔ راستے میں نہ جانے کیسی کٹھن منزلیں پیش آئیں۔ اس لئے اگر آپ اجازت دیں تو ہم پہاڑی چشمے سے ایک مٹکا پانی بھر کر ساتھ لے جائیں۔''

''یہ کون سی بڑی بات ہے۔'' اور فوراً ایک سوار ان کے ساتھ کر دیا کہ پہرے والوں سے کہہ دے کہ انہیں پانی بھرنے دیا جائے۔

جادوگر کے پاس ایک مٹکا تھا۔ جس کا نام مان سرور تھا۔ دیکھنے میں تو یہ بہت بڑا نہیں تھا لیکن اس میں لاکھوں من پانی سما جاتا تھا۔ وہ اس مٹکے کو لے کر چشمے پر پہنچا۔ سوار کے کہنے سے پہرہ داروں نے اُسے پانی بھرنے کی اجازت دے دی۔ اس نے مٹکے میں پانی بھرا اور روانہ ہو گیا۔

پہرہ داروں کو خبر بھی نہ ہونے پائی اور پہاڑی چشمہ خالی ہو گیا۔ ساتھ ہی شہر کے بیچ کا تالاب بھی سُوکھ گیا۔

دوسرے دن صبح جب لوگ تالاب پر پانی لینے پہنچے تو وہاں پانی کا ایک قطرہ بھی نہ تھا۔ اس سے ان میں پریشانی پھیلنے لگی۔ ہوتے ہوتے یہ خبر ہیرامن تک پہنچی۔ وہ فوراً بھاگا ہوا تالاب پر آیا۔ تالاب کو سُوکھا دیکھ کر اُس کے ہاتھوں کے طوطے اڑ گئے۔ وہاں سے وہ پانی کے چشمے پر پہنچا تو اسے

پانی کا نام و نشان بھی نظر نہ آیا۔ چشمے کے بجائے اب سُوکھا ہوا پتھریلا غار رہ گیا تھا۔

کسی کو سمجھ میں نہ آتا تھا کہ کیا کیا جائے۔ دن چڑھنے لگا تو لوگوں کی پیاس بھی تیز ہونے لگی۔ دوپہر ہوتے ہوتے سب کے حلق سُوکھنے لگے اور دل بیٹھنے لگے۔ کسی کے گھر میں پانی کی ایک بوند بھی نہ تھی۔ بچے بلک رہے تھے۔ عورتیں رو رہی تھیں۔ مرد بے بس اور پریشان ایک دوسرے کا منہ تکتے تھے۔

ہیرامن کو اپنے شہر والوں کی بڑی فکر تھی۔ اس نے آس پاس کے جنگلوں اور پہاڑوں میں سوار دوڑائے کہ پانی کا پتہ چلائیں۔ لیکن دُور دُور تک کہیں پانی کا نام و نشان بھی نہ تھا۔ ہیرامن بہت پریشان ہوا۔ وہ اپنے ہاتھ پیچھے باندھ کر محل میں ٹہلنے لگا۔ کبھی ادھر جاتا کبھی اُدھر جاتا۔ اس کی حالت بپھرے ہوئے شیر کی سی ہو رہی تھی۔ اس کے سردار سب ہاتھ باندھے دائیں بائیں کھڑے تھے۔

ٹہلتے ٹہلتے اچانک ہیرامن کو انگوٹھی کا خیال آ گیا۔ اُس نے فوراً اپنے سرداروں کو اشارہ کیا اور وہ وہاں سے ٹل گئے۔ تنہائی ہوتے ہی اس نے انگوٹھی کی طرف دیکھنا شروع کیا۔ پہلے کی طرح پھر اُس کے اندر بڑے وزیر کی شکل اُبھرنے لگی اور دیکھتے دیکھتے وہ شکل صاف ہو گئی۔ وزیر اپنی عادت کے مطابق مسکرا رہا تھا۔ اور اُس کی سفید چمک دار داڑھی بادلوں کی طرح بل کھا رہی تھی۔

''کیا چاہتے ہو؟'' اس نے ہیرامن سے پوچھا۔

ہیرامن غصے میں چیخ کر بولا۔ ''کیا چاہتا ہوں؟ کیا آپ نہیں جانتے کہ میری رعایا اور سپاہی پیاس سے دم توڑ رہے ہیں۔ اور من پور میں پانی کا ایک قطرہ بھی نہیں؟ بتایئے اس مصیبت سے چھٹکارا پانے کی کیا صورت ہے؟''

''جوش میں آنے کی ضرورت نہیں۔'' وزیر نے مسکراتے ہوئے کہا۔ ''پانی تمہاری اجازت ہی سے لے جایا گیا ہے۔''

''لیکن میں نے تو صرف ایک بوڑھے مسافر کو مٹکا بھر پانی لے جانے کی اجازت دی تھی۔'' راجکمار بولا۔

جادوگر مٹکے کو سر پر رکھے پہاڑ کی دوسری جانب
اوجھل ہو رہا تھا۔ اور اب صرف مٹکا نظر آتا تھا

''ٹھیک ہے۔ وہ صرف ایک مٹکا بھر کر لے گیا ہے۔ اُس کے مٹکے ہی میں پورا چشمہ سما گیا ہے۔'' وزیر نے کہا۔

''پھر اب کوئی ترکیب بتائیے۔ اس مصیبت سے کیسے چھٹکارا حاصل کیا جائے۔'' راجکمار نے لجاجت سے پوچھا۔ وزیر بولا ''وہ دونوں مٹکا لے کر ہمالیہ کی طرف گئے ہیں۔ تم فوراً اُن کا پیچھا کرو۔ اور جس طرح ممکن ہو مٹکا توڑ دو۔'' یہ کہہ کر وزیر غائب ہو گیا۔

راجکمار نے فوراً گھوڑا کسنے کا حکم دیا۔ اپنے جسم پر ہتھیار سجائے، تیر کمان، تلوار اور بھالا لے کر گھوڑے پر سوار ہوا اور اُتر کی طرف چل کھڑا ہوا۔ ذرا دیر میں گھوڑا ہوا سے باتیں کرنے لگا۔ چند گھنٹوں کے اندر اس نے سینکڑوں میل کا سفر طے کر لیا۔ آخر اُسے جادوگر اور جادوگرنی نظر آئے۔ جو مٹکے کو سر پر اُٹھائے تیز تیز اُتر کی طرف چلے جا رہے تھے۔

ہیرامن کے گھوڑے کی ٹاپ سن کر انہوں نے مڑ کر دیکھا اور دیکھتے ہی بھاگے۔ ہیرامن نے ان کے پیچھے گھوڑا چھوڑ دیا۔ آگے آگے وہ دونوں بہت تیز رفتار سے بھاگ رہے تھے۔ پیچھے پیچھے ہیرامن اپنے گھوڑے پر سوار ان کا پیچھا کر رہا تھا۔

کئی جنگل آئے۔ اُونچی اونچی گھاٹیاں اور وادیاں آئیں۔ یہاں تک کہ ہمالیہ پہاڑ کا دامن آ گیا۔ لیکن ہیرامن ان دونوں کو نہ پاسکا۔ آخر وہ ایک پہاڑ پر چڑھنے لگے۔ ہیرامن اُن کے پیچھے گھوڑا اڑائے چلا جاتا تھا۔ اتنے میں اسے ایک آواز سُنائی دی۔ ''دیکھ! اگر ان لوگوں نے یہ پہاڑ پار کر لیا تو تُو انھیں کبھی نہ پا سکے گا اور تیرے شہر کے رہنے والے پیاس سے بلک بلک کر مر جائیں گے۔ جلدی کر۔''

اتنے میں جادوگر اور جادوگرنی دونوں پہاڑ کی چوٹی پر پہنچ گئے اور قریب تھا کہ دوسری طرف اُتر جائیں۔ ہیرامن کے ہاتھ پاؤں پھولنے لگے۔ اسے پھر ایک آواز سُنائی دی۔ ''ہمت نہ ہار۔ جیت تیری ہی ہوگی۔'' یہ سُن کر ہیرامن کی آس بندھی۔ اُس نے فوراً اپنے ترکش سے ایک دوشاخا تیر نکالا۔ اور چلّے پر چڑھا کر سیدھا مٹکے کا نشانہ کیا۔ جادوگر مٹکے کو سر پر رکھے پہاڑ کی دُوسری طرف اوجھل ہو رہا تھا اور اب صرف مٹکا نظر آتا تھا۔ ہیرامن نے نشانہ باندھ کر تیر چھوڑ دیا۔ ہوا میں

زبردست سنسناہٹ کی آواز ہوئی۔اور مٹکے میں سے پانی کی دو دھاریں نکلیں۔تیرنشانے پر بیٹھا تھا اور دونوں شاخوں نے مان سرور مٹکے میں دو سوراخ کر دیئے تھے۔

پانی کی دھاریں بڑی تیزی سے بہتی ہوئی نیچے کی طرف آئیں۔ہیرامن نے گھوڑا موڑ دیا اور من پور کی طرف چلنے لگا۔پانی کی دونوں دھاریں اس کے دائیں بائیں بہنے لگیں۔وہ چلا جارہا تھا اور اس کے ساتھ پانی کی دھاریں بہ رہی تھیں۔اس طرح تینوں نے کئی سو میل کا راستہ طے کیا۔ پہلے تو پانی کا بہاؤ تیز رہا پھر رفتہ رفتہ وہ آہستہ ہونے لگا۔

چلتے چلتے ہیرامن پریاگ کے قریب پہنچا۔اب اُسے کچھ تھکن سی محسوس ہونے لگی تھی۔اس لئے اس نے سوچا کہ کچھ دیر ٹھہر کر آرام کرلے۔یہ سوچ کر وہ گھوڑے سے اُتر پڑا اور کپڑے اُتار کر نہانے کا ارادہ کیا۔اُس نے سوچا کہ وہ کس دھارے کے پانی سے نہائے؟ دائیں جائے یا بائیں جائے؟ اس کی سمجھ میں کچھ بھی نہ آیا۔

اتنے میں کیا دیکھتا ہے کہ پانی کے دونوں دھارے اس کی طرف بڑھ رہے ہیں۔آہستہ سے ایک دھارے نے آکر اُس کا دایاں پاؤں چوما اور دوسرے نے بایاں۔پانی کی ٹھنڈک سے اُسے بڑا آرام ملا۔وہ ٹھنڈے پانی میں غوطہ لگانے کا ارادہ ہی کررہا تھا کہ اچانک اُسے پیاس سے بلکتے ہوئے من پور کے لوگ یاد آگئے اور اُس نے ڈانٹ کر پانی سے کہا۔"تم یہاں میرے ساتھ چُہل کررہے ہو اور میرے آدمی بُوند بوند پانی کو ترس رہے ہیں۔جاؤ،فوراً اُن کی پیاس بجھاؤ۔"

یہ سنتے ہی پانی کے دونوں دھارے بھاگے۔لیکن وہ الگ نہیں ہوئے۔اب دونوں دھارے مل کر ایک ہوگئے تھے۔ہیرامن کھڑا پانی کے بہاؤ کو دیکھ رہا تھا۔کہ آپ سے آپ اس کی نگاہ اپنے ہاتھ پر پڑ گئی۔انگوٹھی کی چمک مسکرا رہی تھی۔!!